île Maurice

Cap Malheureux

Grande Baie

île D'ambre

Triolet

Poudre d'or

Pamplemousses

Flacq

Terre Rouge

Port-Louis

Centre
de Flacq

Beau-Bassin
Quatre Bornes

Vacoa-Phoenix

Flic-en-Flacq

Curepipe

Tamarin

Rose Belle

Mahébourg

Chemin Grenier

Soulliac

île Maurice

Madagascar

**Données de catalogage
avant publication (Canada)**

Les Éditions Origo
Les aventures de Cosmo le dodo de l'espace^{MC}
Concept original de Pat Rac

L'étrange substance
D'après une idée originale de Pat Rac et Neijib Bentaieb
Illustrations : Pat Rac
Responsable de la rédaction : Neijib Bentaieb
Vérification des textes : François Perras

ISBN 13 : 978-2-923499-08-6   ISBN 10 : 2-923499-08-5

Directeur littéraire : François Perras
Direction artistique : Racine & Associés
Infographie : Racine & Associés
Capital de risque : Technologies HumanID

Dépôt légal :
Bibliothèque nationale du Québec, 2008
Bibliothèque nationale du Canada, 2008

Les Éditions Origo
Boîte postale 4
Chambly (Québec) J3L 4B1
Canada
Téléphone : 450-658-2732
Courriel : info@editionsorigo.com

Imprimé au Canada

Gouvernement du Québec – Programme de crédit d'impôt
pour l'édition de livres – Gestion SODEC

À tous les enfants de la Terre!

LES AVENTURES DE

Cosmo

LE DODO DE L'ESPACE MC

Concept original de Pat Rac

L'étrange substance

ÉDITIONS
origo

Cosmo et 3R-V ont parcouru l'univers à la recherche de dodos.

Les deux amis viennent d'atterrir sur une planète qui leur semble familière.
Elle est en tout point semblable à la Terre, on dirait sa jumelle.
Nos héros y ont même découvert des empreintes très spéciales...

– 3R-V, regarde ces traces! s'écrie Cosmo.

– Ça alors, c'est un signe qu'il y a des dodos dans les environs, dit 3R-V, bouche bée.

– Cette fois, nous sommes sur la bonne piste, lance Cosmo, excité.
Suivons les empreintes, elles nous mèneront enfin aux dodos!

Les yeux rivés au sol, Cosmo suit les empreintes à la loupe.

– Allez 3R-V, augmente le rythme, dit-il. Les traces sont de plus en plus fraîches.

– Ouf, je suis à bout d'énergie. Je ne sens plus mes dodos-pattes! soupire 3R-V.

Quelques instants plus tard, Cosmo entend un fredonnement. Il lève les yeux et découvre que les empreintes au sol mènent à un drôle de personnage.

– Nom d'un dodo dodu... Vous n'êtes pas un dodo, constate Cosmo, déçu.

– Un dodo? Ah non! Je suis Fabri, l'ouvrier. Qui êtes-vous?

– Je suis Cosmo le dodo, et voici 3R-V.

Cosmo et 3R-V remarquent l'immense récipient derrière Fabri.
Au premier regard, le liquide à l'intérieur leur semble plutôt louche.

– Dites-nous, monsieur l'ouvrier, quel est ce liquide vert? demande 3R-V.

Fabri répond d'une voix nonchalante :
– Ah ça? Ce n'est rien de bien important. Ça vient de l'usine où je travaille.
   C'est seulement quelques petits résidus du tout nouveau produit.

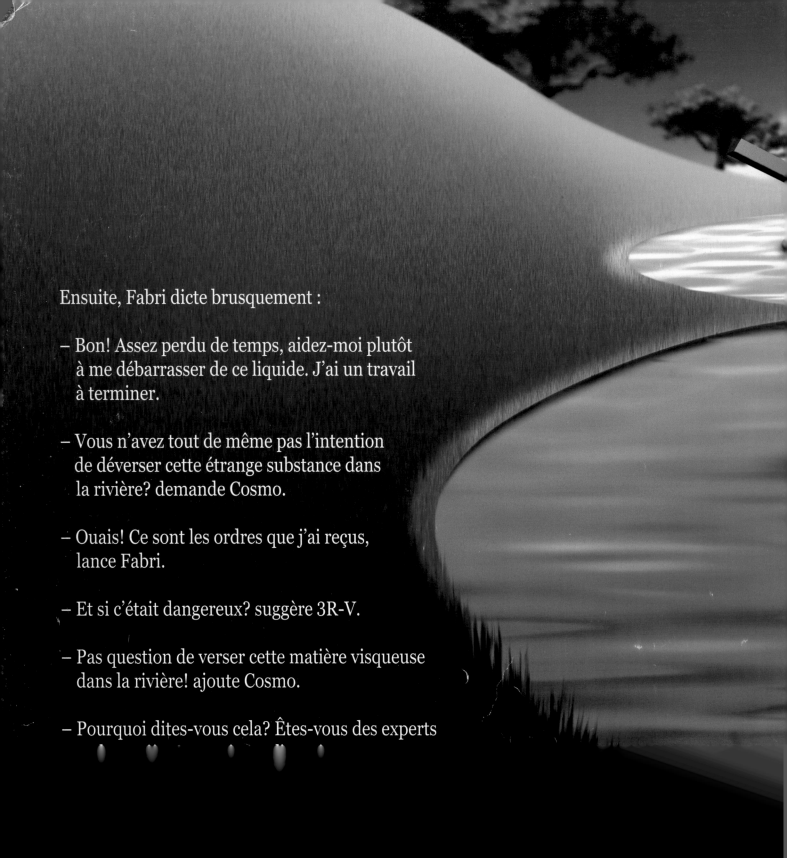

Ensuite, Fabri dicte brusquement :

– Bon! Assez perdu de temps, aidez-moi plutôt
   à me débarrasser de ce liquide. J'ai un travail
   à terminer.

– Vous n'avez tout de même pas l'intention
   de déverser cette étrange substance dans
   la rivière? demande Cosmo.

– Ouais! Ce sont les ordres que j'ai reçus,
   lance Fabri.

– Et si c'était dangereux? suggère 3R-V.

– Pas question de verser cette matière visqueuse
   dans la rivière! ajoute Cosmo.

– Pourquoi dites-vous cela? Êtes-vous des experts

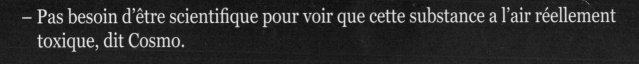

– Pas besoin d'être scientifique pour voir que cette substance a l'air réellement toxique, dit Cosmo.

– Avez-vous pensé aux conséquences dans la nature si vous envoyez ça dans la rivière? demande 3R-V.

– Allons donc! Moi, on ne me paie pas pour penser, réplique Fabri, sans-souci. De toute manière, qu'est-ce qu'une si petite quantité de liquide vert pourrait bien faire dans une si grande étendue d'eau?!

– Je constate que vous n'en avez aucune idée! émet 3R-V.

– Alors, testez cette substance inconnue avant de la déverser, suggère Cosmo.

– Comment faire? demande Fabri.

– Goûtez à cette substance, buvez-la! lance Cosmo.

Fabri adopte un air soudainement sceptique. Finalement, il bafouille :
– Euh... Et bien, c'est que... Euh, je n'ai pas très soif...

– Ah-HA! Vous n'osez pas goûter à cette étrange substance. Alors, vous doutez aussi qu'elle pourrait être dangereuse, dit Cosmo.

Fabri fronce le sourcil. Il pense : « Ce dodo est drôlement dérangeant, il m'empêche de faire mon travail. Comment pourrais-je bien le faire taire? »

Fabri fusille Cosmo du regard. Il ordonne :
– Laissez-moi seul, je dois réfléchir quelques instants!

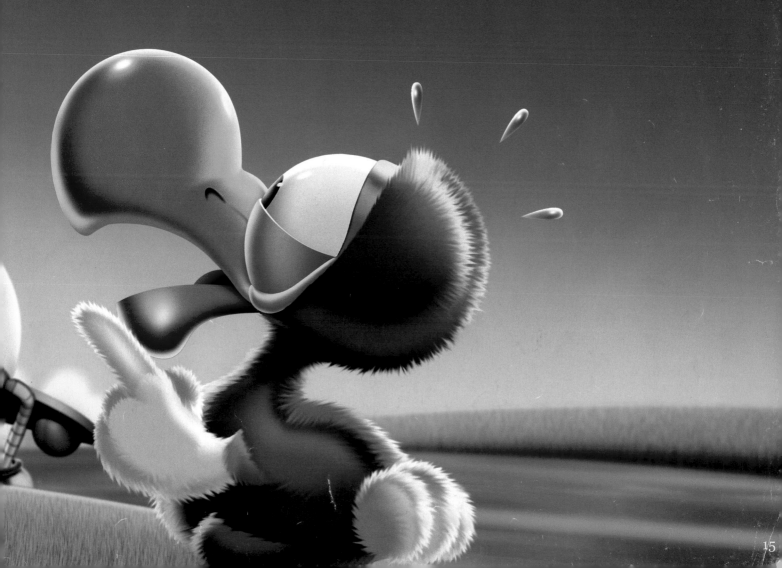

Cosmo et 3R-V sont à l'écart.

Pendant ce temps, Fabri aperçoit un petit lézardo inoffensif.

– J'ai une idée géniale! se dit-il d'un ton encourageant.

Fabri attrape la créature. Il dépose quelques gouttes de l'étrange substance sur la langue du lézardo.

– Alors, vous voyez, dit Fabri en pointant le lézardo,
le produit n'a aucune conséquence!

– **Quoi?!** s'écrie Cosmo, ébahi.
Nom d'un dodo dodu dormant avec une doudou!
Vous n'avez tout de même pas... Êtes-vous complètement fou?

– Vous n'auriez pas dû faire cela, ajoute 3R-V.
Pauvre petit lézardo!

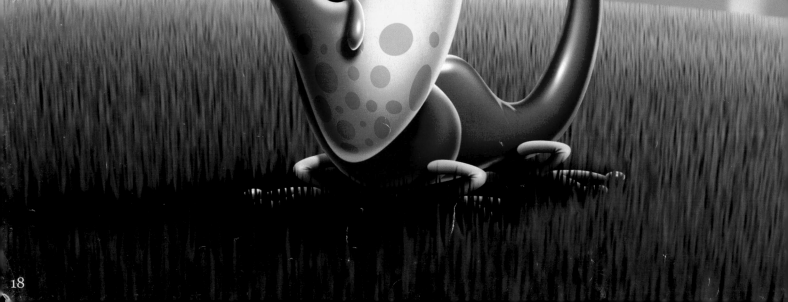

– Allons, cessez de pleurnicher. Vous voyez bien qu'il se porte à merveille!
répond Fabri. **La substance est sans danger.**

Soudainement, le lézardo se transforme en un terrible monstre.
Ses dents ont allongé, sa peau est devenue visqueuse.

Le lézardo pousse un rugissement de colère.
Il n'a réellement pas l'air dans son assiette.

– **Sauve-qui-peut!** crie Fabri.

3R-V dit à Cosmo :
– Ho la la, j'espère que Fabri court vite.

Fabri court à toutes jambes depuis un
bon moment. Il n'en croit pas son oeil.
Il est incapable de semer le monstre,
qui se rapproche de plus en plus.

Après une longue poursuite, Fabri est épuisé.

– Qu'ai-je fait? se questionne-t-il en regardant l'énorme lézardo à sa poursuite.

– 3R-V, regarde! Fabri est tellement préoccupé par le monstre derrière
qu'il ne voit pas le précipice devant, dit Cosmo.

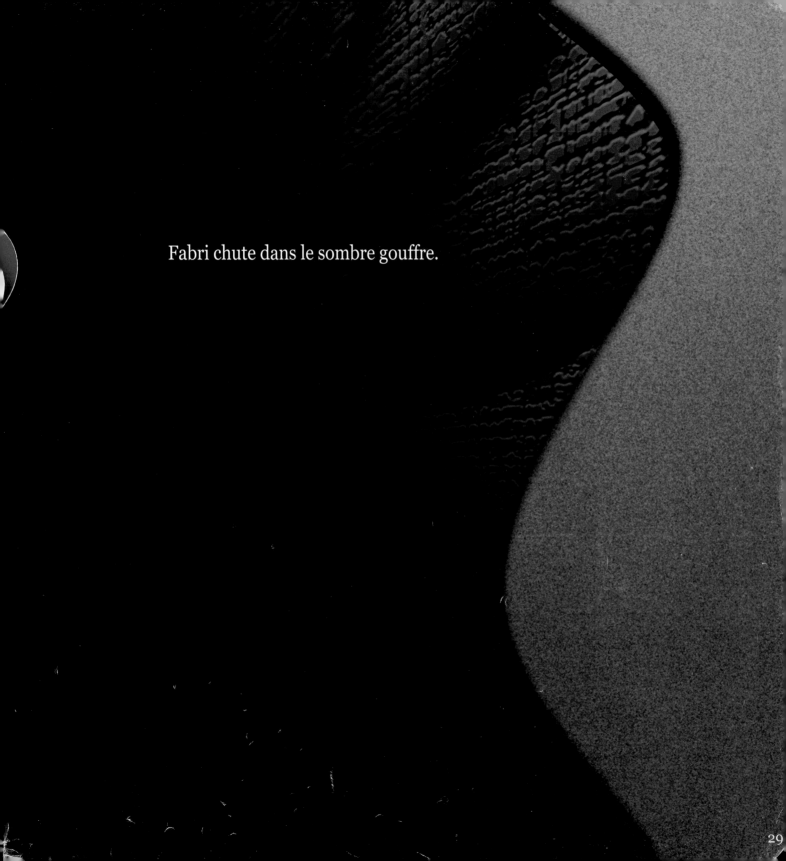

Fabri chute dans le sombre gouffre.

3R-V plonge à toute vitesse vers l'ouvrier en détresse.
Il se concentre sur sa cible. Il tend ses agiles dodos-pattes.
En plein vol, 3R-V agrippe Fabri, encore sous le choc.

Pendant ce temps, le lézardo reprend sa forme.

Pour l'instant, les effets de l'étrange substance se sont apaisés...

Au retour sur la terre ferme :
– Ouf! Merci, je l'ai échappé belle, s'exclame Fabri soulagé. Sans vous, j'étais perdu!

– Quelques gouttes de l'étrange substance ont transformé le petit lézardo
en un terrible monstre. Je n'ose pas imaginer comment ta planète aurait réagi
si tu avais déversé tout le contenu dans la rivière, dit Cosmo.

Fabri songe à sa mésaventure quelques instants. Il répond :
– Ça aurait été une catastrophe… Je dois immédiatement en informer mes collègues.

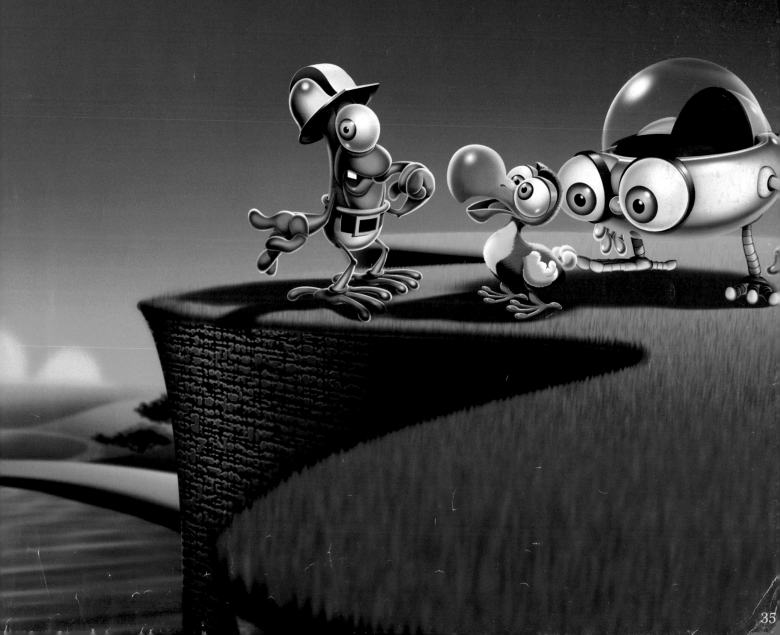

Au moment du décollage, nos amis repensent aux événements de la journée :
– Avec Fabri, la nature nous a montré qu'elle sait se défendre, dit 3R-V.

– En fait, je crois surtout que la nature nous a montré qu'elle nous traite toujours de la façon dont on s'occupe d'elle, ajoute Cosmo.

Nos héros s'envolent vers le ciel à destination d'une nouvelle aventure. Espérons que les prochaines traces les mènent vers de véritables dodos!

1- Chez toi, quels sont les produits que tu utilises pour te laver les mains, prendre ton bain et nettoyer la maison?

2- Est-ce que ces produits sont sans danger pour l'environnement?

3- Que retiens-tu de l'histoire *L'étrange substance*?

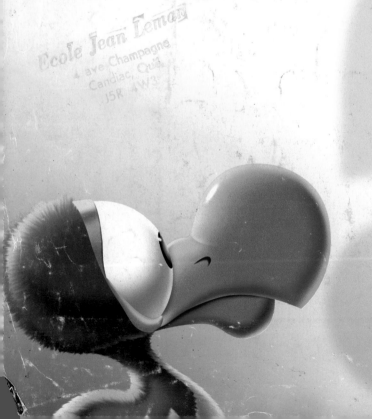